U0058950

名流詩叢 3

我的庭院

李魁賢◎著

天空堅持原來的清白
濃煙卻不放棄繼續抹黑
終於　終於
天空掉下最後一滴楓葉的淚

自　序

　　告老還鄉、落葉歸根，似乎是人之常情。我在台北出生，在淡水老家長大，又到台北求學、謀生，進入花甲之齡，開始想回鄉重溫童年的農村生活。其實，二十世紀末的社會情況和五十年代差別，不可以道里計，農村生產人口往城市流動，勞動力缺乏，農業凋蔽，田園廢耕，成為一片寂靜的荒野，但仍忍不住逃避塵囂之念，心嚮往之。

　　1997年終於在淡水老家鄰村的三芝購宅避世，可是事與願違，人一旦羅入社會網中，就身不由己，俗務既無法全然擺脫，徒增羈絆。於是，只能利用星期例假，偷得浮生半日閒，在芝蘭別墅拈花惹草，親近大地，還我自然。與花草樹木周旋，植物無語，我卻有話要說，庭院內家族一一入我詩境，與我長相左右。

人既然是社會的動物，不可能自囿自得其樂，而關心現實現狀之情，竟也偏向與自然相關議題和意象，足見創作意念不免受到生活條件制約的事實，這些收穫就視為院外的天眷吧。

　　詩集按編年纂輯，似是簡便方式，實際上還可按圖索驥，看出創作風格的變遷。多年的創作經驗，習慣上會集中在興趣的題材，進行周密觀察，在現實經驗裡尋找事物的關聯，或賦比興，或風雅頌，隨性而往，開放詩想飛躍，完成創作的樂趣。

　　鄉居覓趣十年，還是抵擋不住現實的煩瑣，乃毅然放棄自視為香格里拉的庭院，認命從此合該繼續窩居城市裡，受現實煎熬，在紅塵中打滾，以度晚年了。然而，幸虧有詩，畢竟詩可以克服一切悲念，詩讓人在不如意的現實中，始終保有一份自由樂觀的氣氛和廣大空間，任憑馳騁。

2009.09.25

目次

院

內

惜　情

留給妳的天空

沒有財產　沒有金錢

沒有股票　沒有名份

沒有地位　沒有冬夏

留給妳的大地

只有詩情　只有花木

只有色彩　只有旋律

只有記憶　只有春秋

1998.06.28

園藝

剪裁成一隻鳥

就能飛行天空嗎

心中鼓動的意志

高於一切

你的枝葉

就是激動氣流的

羽翼

你的姿勢

比翱翔還要

自然

你是一棵樹
其實
你根本是天生的
一隻鳥

天空是你的
大地也是你的
愛也是

1998.07.15

木棉花

大白天

整排木棉花

慶典般

點燃琉璃燈

點亮整個夏季

行人

逐一在

燦爛的樹下

走過

看不到明天的路

1998.03.28

吉野櫻

山上有一株吉野櫻

春來時

好像棲息著千萬隻蝴蝶

我答應帶妳去看

那株櫻花

一次都沒有實現

那些櫻花的白色恐怖

完全是即興式的愛情

一夜雨就打散了

我在淡水的庭院裡

種了兩株緋櫻並立

春來只管翠綠

即使是即興式的豪雨

依然瀟瀟灑灑

不管任何花期的承諾

1998.04.24

玉蘭花

庭院裡

兩棵相依偎的玉蘭花

矮玉蘭花說

你會照顧我一輩子嗎

高玉蘭花說

不　我不會照顧妳一輩子

但我會一輩子照顧妳

陽光下

玉蘭花葉閃現著

雨後翠綠的明日珍珠光芒

1998.06.22

九重葛

庇蔭在玉蘭花樹下

九重葛期待陽光

遺忘了陽光

依偎在柑橘樹旁

九重葛渴望雨水

斷絕了雨水

一年一年放棄

天生開花的使命

九重葛成了無言的盆栽

七月間
九重葛移植
庭院進門的台階

炙熱的陽光
像男人的體溫
烘托九重葛

沛然的雷雨
像男人的汗水
澆注九重葛

九重葛紅得發紫的燦爛日子

睥睨玉蘭花的素白

柑橘的金黃

1998.11.12

仙丹花

夏日的庭院裡

仙丹花獨唱最後的

情歌

花季時

無言的仙丹花

甘願像盆栽一樣

激情的梔子花之後

耐性的杜鵑之後

含羞的仙丹花

終於燃燒了

整個夏季的變奏曲

夏日最後的玫瑰嗎

不　仙丹花才是最後

在陽光的焦灼下

最後的夏日裡

仙丹花是高齡的產婦

1998.07.24

阿伯勒

樹習慣沉默

掛在樹上的風鈴花

風來也不迴響

每次經過阿伯勒樹下

像一陣風

樹上的風鈴始終

一聲不響

不知道

木屋主人出門去了

還是神遊方外

我一直站在門外

站成一串風鈴

把自己掛在門外樹上

不聲不響

1998.08.01

楓　葉

樹經不起風的搖撼

掉下楓葉的淚

在湖泊的倒影中

多事而逐漸消瘦的季節

禁不住紛紛

掉下一大把楓葉的淚

天空堅持原來的清白

濃煙卻不放棄繼續抹黑

終於　終於

天空掉下最後一滴楓葉的淚

1998.09.06

雞蛋花

花落盡了

葉也掉光了

剩下一身嶙峋的

硬骨

春過了

秋也暮了

畢竟孤零零死去

是最好的歸宿

山看不厭

海也不能相忘

留下的一片天空

有鵝黃加桃紅的幽香

1998.09.19

黃　蟬

黃蟬伸出牆外

不管是花還是枝葉

自自然然

不去思考牆的意義

生命力才是一切

儘管枝骨纖細

黃蟬不管牆內牆外

映照的是

天空無限的心情

也不管蝴蝶來還是不來

黃蟬自己開一朵花

就是一隻黃蝴蝶

1998.10.05

欒 樹

花開花落

把星星

撒了滿地

鳥驚叫

無人在意

因為

星星在地

天倒反

誰來收拾

誰來補救

誰來管

這個世界

何時花開

何時花落

1998.09.27

蘋 果

欒樹舉起

蘋果一串一串

向天空

一串一串

串成慶典的燈籠

在中秋季節裡

裝飾著荒蕪的夢

點燃二度生命的繁華

燦爛的成果

1998.10.17

金露花

金露花不時

露出金黃色的微笑

迎向不可理解的風

預知跟在陽光後面的黑暗

金露花不被黑暗蒙蔽

因為沒有瞳孔

金露花在自然裡

不仰賴最不可靠的眼睛

金露花對黑夜沒有需索

顏色　格調　姿勢

都和黑夜沒有關係

金露花甚至不在黑夜裡睡眠

所以金露花不時

露出金黃色的微笑

被蒙蔽的是人的眼睛

黑夜裡看不見　陽光下又縮小了瞳孔

1998.11.15

春不老

　　春來春不老
　　春去春不老

　　以罕見謙虛的名字
　　以不醒眼的花蕾
　　展示自然的友善

　　春不老在四季保持青春
　　究竟是符合了自然的韻律
　　還是超越了季節的極限

　　人老去更順其自然吧

即使如此　要更謙虛活著

綻開隱密的花朵

暗中羨慶春不老

無視春來春去

1998.11.16

南天竹

看似一柱擎天

在小小的天地裡

在小小的天地裡

擎天無望

柔似無骨的軟枝

爭向周邊波動

在藍天下　這樣

還能留下一絲雲翳

那管風來瀟瀟

　　　雨來灑灑

在小小的天地裡

何如一柱擎地

1998.12.02

金 桔

秋天的成果
入春才輝煌起來的
黃金夢

翠綠的手
托著圓滿的故事
尋找空間和歷史的定位

不管具有什麼樣的姿勢
成熟就是一種美
不必刻意裝飾

渾圓的腹肚裡

飽滿著酒香醞釀的詩

即將發出產聲的生命

1999.01.17

蟹爪蘭

蟹爪蘭

像高僧手中的一盞燈籠

連沉寂的林蔭道上

都會波動不安

因為這樣的紅顏

即使沉默不語

在山林群壑中

也會成為注目的焦點

在季節裡悄悄進場

又悄悄出場

像經歷一個無人的舞台

不　更像是沒有舞台的人生

與其是一盞燈籠

毋寧更像一隻流螢

隨著高僧隱沒

連一些記憶也不留

1999.01.26

早到的紫茉莉

早到的

一朵紫茉莉

做為春天的探子

躲在新綠的葉子下面

探望

蝴蝶還沒到

蜜蜂還沒到

蜻蜓還沒到

紫茉莉一身紫色

不知道如何化妝

因為探來探去

不像是春天的世界

1999.02.18

紫茉莉

隱身在春不老的葉蔭下
茉莉不為人所知
綻放莊嚴素靜的紫色
從容的模樣
自是必然的經典

性好風雅的春日
沉緬在綿綿霪雨中
驚詫於紫茉莉花簇
不知何時
──化成蒼白的散頁

1999.04.14

七里香

行軍到夏天

就不想再走了

並排在圳溝邊

向天空打著旗語

一路縱隊

在茄苳樹下歇息

天空拋下一大堆鳥聲

像冰雹一樣

只絲絲飄著香氣

發不出聲音回應

終於枯成乾燥花枝

不成人形

1999.06.16

柚　樹

一排柚樹

在牆外忘了報數

雲在半山腰

等著集合

要整隊出岫

柚樹不走

雲只好過來

雲來

霧也來了

露珠暗結成柚花

零零散散

遠看

是一個大蜘蛛網

罩住天地

1999.06.19

非洲鳳仙花

妳的名字會不會是

誤傳　誤讀或誤解呢

妳的艷麗

使冬天升起暖爐

推想到了夏天

怕連心事也會像枯葉

熊熊燃燒起來

到了乾旱的仲夏

妳卻開始枯爛

而且是從出土的根部

真是無情的季節啊

為妳耽心

在妳家鄉如何存活呢

好在移植到了台灣

哪知熱也跟到了台灣

鳳仙原本就是苦命花

1999.07.18

菟絲子

堅決否定

無土不能生　無根不能長

緊緊纏住綠色的生命

霸佔醒眼的

鵝黃色系

像裹住全身的旗幟

在風中招搖

宛如豌豆的卷鬚

向左蔓延　向右侵略

綠色植物被糾纏

遠看似褪色彩裝

一排喪失戰鬥力的兵士

漸漸失去日照

明知攀附的主體枯萎

自己便失去生機的菟絲子

只有拚命向四周

擴展佔領的版圖

無土無根　沒有眼淚

1999.09.30

月　夜

月慘白著臉

看墓地舉起手臂

眾多的芒花

2000.03.12

鷺　鶯

最後的鷺鶯

哀叫著愈飛愈遠

遁入歷史中

2000.03.12

初　秋

　　石質的女神

　　在森林裸身淋浴

　　陽光在偷窺

2000.03.12

海　韻

電話交談中

忽聞海浪衝擊聲

無端澎湃來

2000.03.12

樹也會寫詩

我庭院裡的樹

也會寫詩

寫出一大篇鳥聲的

長短句

樹是天生的詩人

常常沉默不語

使鳥聲可以讓人

聽見

樹愈靜

鳥聲愈大

樹有時製造風聲

就沒有人知道

鳥的存在

1998.07.26

風沒有耳朵

風有嘴巴

沒有耳朵

只因為風言風語

柔順的花枝

被掃蕩

花木有話

要說給誰聽

風根本沒有耳朵

1998.10.29

石頭沒有心

石頭有耳朵

沒有心

儘管風刻薄

儘管雨尖酸潑辣

石頭挾土地自重

一動不動

聽多了憤懣

挾土衝擊

哪管多少災難

石頭根本沒有心

藏

1998.10.31

樹沒有腳

樹有心

沒有腳

心向根植的場所

沒有向外擴張的企圖

沒有逃難的打算

土石流沖刷時

甘願就地埋葬

從來不會腳底抹油

樹根本沒有腳

1998.10.31

麻雀啄星

雨後

一群麻雀

在榕樹下吱吱喳喳

談論經典

他們在草地上

啄到未被土地消化的

昨夜掉落的星星

星星進入麻雀體內

發出一點點

不透明的

沮喪的光

2000.06.28

池塘和海洋

池塘容得下錦鯉

也容得下一片天空

偶爾有少女的清秀面影

站在柳樹下

飄動著不知誰是誰非的假髮

海洋容得下鯨魚

也容得下全部天空

經常有漁夫的古銅色肌膚

依靠在舷邊

沾著不知誰濃誰淡的汗水和海水

從池塘到海邊

經過曲曲折折的田園小徑

踏過鬆軟無法自持的沙灘

海洋上的夸父

有著紅紅的臉龐

而池塘上方的太陽

蒼白得有點像月亮

1998.07.29

圓　鼓

鼓是用人皮做的
愛的鼓手敲著
沒有聲音

不要覬覦渾圓的夢
鼓蘊藏著奧祕的生命
期待乍見光明時的
一聲驚呼

鼓一直累積著聲音
到充塞宇宙時
才會爆發
不管誰有無聽見

1999.02.16

落　髮

落髮後

頻頻回顧鏡中

離我斷然而去的青絲

陪伴過不知什麼滋味的青春

青絲有愁

白髮愁更愁

斷然落髮像落葉

斷然離開終要結束的冬天

空無的青絲

不要水鏡陪伴

可是我偏偏在不離身的鏡中

看到離去的柔情如綢

1999.01.10

遺　詩

樹呼吸日月光華

自然搖擺

充盈生命的韻律

我每日呼吸詩

填滿造物的容器

準備隨時奉獻

給謙卑的愛

給不斷成長的歷史

給再世的里爾克

樹倒下時

不遺棄存在的場所

生命仍然存在大地上

我倒下時

詩是我留給世界

最永恆的愛

1998.11.11

院
外

寒　流

選舉後誰贏誰輸已不再關心的我
回到攝氏七度的淡水鄉居
在寒流下埋頭拔草

戒嚴時期寫過拔草抗議詩的我
選擇性地拔除雜草的異類
留下可以保護我美麗家園的庭院草

已經完全開放不再擔驚害怕的台灣
在野黨和執政黨開始比賽墮落的時代
退隱鄉居回味童年生活的我

拔草已經成為純粹拔草的操作

所有隱喻和過年過節一樣

在寒流下已經喪失任何的激情

1998.01.25

聽　海

我常常喜歡聽海說話

走遍了世界各地海岸　江河　湖泊

我最喜歡的還是淡水海邊

這裡有千萬株相思樹共同呼吸

無論是日出迷離　月下朦朧

雨中隱隱約約　或是陽光下藍深情怯

只為了聽海唱歌　看相思樹

模擬海　千萬株手拉手跳土風舞

激越時高亢　溫柔時呢喃
海容納消化不同的心情和脈動

每當我在淡水海邊沉默以對
辨識海的聲音有幾分絕情的意味

1998.02.23

聽　雨

詩人聽到天空的心跳
用微波去激動大地

工人聽到自己的嘆息
不能確定明天
應該有一個還是兩個太陽

農民聽到憂喜參半的酸楚
乾旱的田地裂開呼救的嘴巴
氾濫的魚塭高舉反叛的旗

漁夫聽到遠洋的心慌

這是急促的莫斯電碼

還是早到的喜訊

情侶卻聽到大提琴的音符

彼此合奏交響成

生命史上的奏鳴曲

1998.08.31

鱒　魚

放流到歷史的海洋裡
不知所終的
鱒魚

終歸回到母河裡
滿懷生命的哀愁和歡愉

鱒魚滿懷著
自然汪洋的旋律和色彩
以及詩的私生兒

鱒魚　鱒魚
宇宙中的流浪者

你終必回歸
愛的原鄉

那也是詩的故鄉
可以廝守的泉源

1998.07.25

鯨　魚：一則寓言

潛入水中
是為了尋找
落在海底做夢千年的
鞋子

浮上來
是為了用尾鰭
狠狠拍天空
一巴掌

受不了欺騙的
謊言

海洋是我的家園

居家不用服裝虛飾

還要鞋子嗎

1998.09.18

生命的詩

生命在混沌中形成

不知不覺

從一粒細胞

形成一個宇宙

任誰

對生命都有無限的期待

但在混沌中

任誰都不知道

生命會形成怎麼樣的面貌

生命在不知不覺中完成

像無法掌握的宇宙

令人不斷發現

令人不斷驚喜

生命的誕生

就是詩的完成

1998.12.25

玉山絕嶺

我高高在上
不在乎看得遠
遠方茫茫
什麼也看不見

我堅持冷
靜我內部岩層的
世界　我獨立
在喧囂的紅塵外

熱氣騰騰的人
來我這裡無形的神殿

回到世間還是熱氣騰騰

什麼也沒體會

要冷　就來跟我同在

一同靜坐千年

冷眼冷眉

看待耳邊擾擾營營

1999.05.16

路　祭

選舉　季節的祭典

白幡沿路招展

民主的喪禮

夢有多長

路就有多長

路祭插著

紅紅綠綠的旌旗

延伸到夢的盡頭

夢中遙遠的鐘聲

會是喪鐘嗎

1998.11.04

老實話

我開始老了

聽到開幕酒會

週年慶

新書發表會

和追悼會一樣的頌詞

我真的老了

聞到自然的玉蘭花

人造的香奈爾

悶夏蒸發的體臭

和泥土一樣的味道

我確實老了

看到遊街示眾的神像

宣誓就任的官員

瘦身有成的演藝人員

和枯木一樣的格調

1999.05.24

醉仙酒瓶

我的體內

原先充滿了美夢

有流體的芬芳

有一天

朋友像貘一樣

把我的夢喝光

我發現

空無才真正是

我的夢想

空無的巨量

才能容得下生命

使流體的詩凝固成形體

1998.10.23

禱 告

信徒抱怨說

「上帝呀　我等待祢的信息

祢怎麼不給我電話？」

上帝說：「祢忘了禱告嗎？

一天到晚打電話的人

永遠得不到我的信息。」

「可是電話可以快速溝通

我的要求透過電話

可以很快獲得祢的指示。」

「電話是從嘴到耳朵的距離
禱告卻可以從心到心
才能感受真正的心意。」

於是　信徒禱告說
「上帝呀　我等待祢的信息
請趕快給我電話吧！」

1999.05.22

代罪的祭壇

把懦弱的小蛇
一出生就吞回去的
大蟒
因為要維持強種
接受自然的挑戰
這是天性

出其不意
對眾生反噬凌虐的
大地之母
因為厭煩了人的懦弱
貪婪而不自制

搾取自然而不自省

這是地性

集集成為代罪的祭壇

勇者為弱者受過

陽光不勝欷歔

輸血不勝顫抖

麵包不勝煎熬

溫暖的心不勝路遙

這是人性

1999.09.23

山在哭

山在哭　你聽得見嗎

沒有人在傾聽

沒有人知道山的哭聲

現代人不認識山

不知道山會口渴　山會流淚

不知道山會痛　山會癢　山會酸

以為溪澗是山在低語

　　　瀑布是山在高歌

但你聽得見山的哭聲嗎

只會肆意蹧蹋的山鼠

善於偽裝圓謊的假獵人
誰都不耐煩傾聽

只不過驚動了一下大地
山終於嚎啕起來
被吞噬的人不知道
倉皇逃難的人不知道
徬徨無依的人也不知道
紛紛的落石是山的眼淚

1999.10.01

離　鄉

從來沒有被落石追逐的想像

跑到離鄉的路口

忍不住回頭

看到落石還是不時

一粒一粒像箭矢飛來

此次背井而去

只有一身不知走向何處去

明知留在原鄉堅持也抵不過

山像海浪一般起伏變化

向前已經沒有路

就自己在荊棘中走一條路

沿路記住地標
留下走過的記號

地震中壓在山底下的親人
他們會成為山神
和祖靈一同守護原鄉
等著我有一天決心回來

1999.10.01

大地震

大地張開千口

把一幢幢大樓吞進去

像巨蟒吞著大象

像鱷魚吞著河馬

吞到一半

大樓就傾斜了

有的口吞汽車

有的口吞瓦斯筒

有的口吞進了一大片黑暗

不要探看裂開的黑洞

裡面會吐出小蛇來

那就繞學校操場跑

田徑場拱起成為障礙跑道

學生架起帳篷上課

用笑聲去餵那些

什麼都還沒吞到的小口

剩下一些人和地震競賽

開口練習罵人

1999.10.17

問　天

房子倒了之後

還有帳篷

帳篷倒了之後呢

大人傷亡了之後

還有小孩

小孩傷亡了之後呢

政府挨罵了之後

還有在野黨

在野黨挨罵了之後呢

地震災害了之後

還有颱風

颱風災害了之後呢

1999.10.09

語言遊戲（部分台語）

1. 比　喻

作工人
講是黑手的
做載誌清清白白

什麼時候
作歹人
黑心肝的
也遂講是黑手

黑心肝

未比得黑手

語言是人為的

天然障礙

黑不是唯一的標準

2. 比　賽

甲隊大勝乙隊
是甲隊贏

甲隊大敗乙隊
也是甲隊贏

原來勝敗
是精神操作
不是語言的邏輯關係

有時候

勝就是敗

有時候

敗就是勝

3. 比　較

人講伊好

因為伊不會管人

人講伊酷

因為伊照步來

做人好

酷著大家

做人酷

好著大家

語言和人共款

酷較好好

4. 比　擬

偉大這個詞語
本身並不偉大
而被稱為偉大的
往往是卑微的事物
卑鄙這個詞語
本身並不卑鄙
而被說成卑鄙的
常常是崇高的行為

語言跨越了

偉大和卑鄙的懸崖

是隨時會斷落的橋梁

5. 比　啥

泥鰍想成為月亮

就自稱是天上的明月

結果還是泥鰍

月亮無所謂自己的身份

被指為地下的泥鰍

依然是明月

月亮或泥鰍

是實質的本體

不是語言的符號

1998.12.01

題江泰馨畫作

1. 人體油彩

女體朦朦朧朧就好

有人要看桃紅款擺

我只要虛擬神態

不平衡的穩定感

是因為妳要依靠又不要

右足往下伸　往下探

要沒入水中　溫溫的水中

左手曲肘向上撐住天空

好像自然隨意成長的樹枝

後面永遠有一片令人

想瞭解卻怎麼也想不透的空無

乳尖不是焦點卻自然成為焦點

臉對著我大概什麼也看不到

我才是虛擬的存在

2. 人體靜物

畫家把女體畫成靜物

周圍世界是空白

靜物內流動活躍的生命力

和果實一樣成熟豐盈

四季累積溫潤的體質

黑的美和鋼琴一樣實在

土褐的美和大提琴一樣渾厚

檸檬黃的美和小提琴一樣悠揚

女體永遠是一段主題旋律

從春天繚繞到秋季

而最雄辯的是周邊的空無

因為什麼都不必著墨

卻實實在在存在

1999.09.18

詩　性

我不該為女詩人出版詩集寫序

除非我能掩飾性別

突顯性　假裝性的倒錯

我要鄙棄天生的異性戀快樂

頌揚我沒有感覺的同性戀趣味

那種性趣不但要失魂落魄

而且要異常　對異常也要異常

但我的生活環境不會乖違我的性格

我看到的社會　性別那樣明朗

我看到的性　還是物理自然的兩極

相吸保持平衡　相斥保持距離

磁力線在磁場中有美麗的弧度

力的美有時看不到　要用心體會

我欣賞溫柔中的堅持　而不是粗暴

我努力在堅持中呈現溫柔　即使

如何努力還是會被譏為粗暴

我並不後悔為女詩人出版詩集寫序

至少我從未說過　那些詩

適合女人所寫　適合女人閱讀

因為詩是中性　妳要說雌雄同體也可以

1999.09.27

告別詞

我活著

是為送別一個一個離去的朋友

到年紀老了我才知道這個祕密

即使我比朋友早離開這個世界

我還是會愉快活著

逐一送別同樣會離去的朋友

送別是因為我們是朋友

我不會哀悼

因為能夠成為朋友

是愉快幸福的事

懷念朋友的時候

我喜歡講一些有趣的事

追思朋友的時候

我偏愛說一些快樂的事

我活著

在這個世界我們成為朋友

在另一個世界還是會成為朋友

1999.07.05

全成堡
——紀念吳全成（潛誠）教授

你帶我走過中古風的歐式木橋

以優雅的古典步伐　莊嚴但隨興

押著自由的腳韻　配合清淡的風景

你帶我走過一段有點荒涼的自然道路

以你為名　（是紀念你嗎　我差點失言）

一直可以通向富有想像空間的村落——全成堡

那是你的城堡嗎　我期待你說是

你卻說一次都沒去過　我倒想去看看

真的　如今真的是屬於你的城堡了　我想去

我想像那是台灣的奧林帕斯山　在雲深的地方
或許不是　寧願是愛爾蘭的峇里麗塔吧
你可以遇到葉慈　但我比較嚮往茉德‧岡

不是為你建造　全成堡卻自由自在台灣
你為台灣文學默默建造了全成堡　眾人未知
反正你住哪裡都可以　我就用全成堡紀念你

1999.11.18

風花雪月（台語）

　　巫永福詩翁，長年文耕，著作豐碩，白髮紅顏，人間至寶，詩多描寫大自然風、花、雪、月，非關社會風花雪月也，筆者曾為文分析，今特此為題，祝先生米壽。

　　風微微也吹
　　由頂世代吹到新世紀
　　由做牛做馬的奴隸
　　吹到變成民主時代的頭家
　　風微微也吹
　　在咱這塊田園用血汗
　　播改良種的稻仔叢

生出當頭白日的黃金粟

燈光下銀色的水晶米

風微微也吹

吹來花蕾當開的芳味

花勻勻也開

由《福爾摩莎》開到《笠》仔

由少年家緣投仔樣

開到歸抱頭鬃白蔥蔥

花勻勻也開

玉蘭花四季紅含笑七里香

一年通天春不老

心花也隨時開

青春永遠若神仙

花勻勻也開
開到一支若雪的菅芒花

雪靜靜也落
由山頂落到平地
白茫茫的世界
土地親情有溫暖
雪靜靜也落
孵著詩的火種劈噗喘
落過一世紀　一世紀又一世紀
詩也會傳落去
一世代　一世代又一世代
雪靜靜也落
反射著月光的青翠

月陰陰也照

由河流照到海上

不知會記得彼當時

敢有舊情綿綿可回顧

月陰陰也照

山河猶在眠夢中

夜半的世間猶有詩來照

免驚行無路

天光一定有日頭來報到

月陰陰也照

日月光華照到萬年久遠

2000.02.19

英雄末路

二次大戰後,嚴重缺乏師資的鄉村國民學校,來了一位年輕教師,帶我們唱遊、打躲避球,特別有勁。

二二八後,清鄉時,他失去了蹤影。從鄉下父老的耳語中,依稀得悉他在事變中入侵軍營,劫走槍械。在學生的心目中,他成了羅賓漢的人物。

這樣的英雄,沒有一座雕像,是多麼遺憾的事啊!於是,我在心中為他塑像,寫詩歌詠他。

最近，在堂叔的葬禮上，不期遇到當年國
校的導師，我向他打聽這位英雄般的年輕
教師。他嘆口氣說：「唉！都是賭博害了
他，因為新婚的妻子嗜賭，也把他拉進賭
國。結果，欠下賭債，鋌而走險。趁亂搶
奪軍用物資變賣，事後無業，如今還是窮
困潦倒。」

2000.03.02

陋室漏濕

霪雨綿綿，使人心煩。更令人困擾的屋漏偏逢連夜雨。抓漏又像是在找神仙，很難摸到頭緒。俗語說：砌厝是師仔，抓漏才是師父。

我的鄉下陋室不幸也耐不住豪雨而漏水，找到一位族親的老師父來幫忙。他卻說了一個故事。

以前有一位吝嗇的暴發戶蓋豪宅，對工人太苛刻，又要充做內行頤指氣使。工人只好按照他的指揮做事。完工落成後，遇雨輒漏水，多次找人抓漏補修，不得要領。

後來，找到老師父，建議他要徹底找出真相，只有把外牆的表層打掉，打到見磚為止。

結果，在老師父的細心觀照和注意下，終於發現是一塊木片在做祟。木片攪入水泥裡，粘附在磚牆外，雨水就沿著木片滲透水泥和防水劑的層層障礙，引進到內壁。

2000.03.05

起來　願意做奴隸的人們

起來　願意做奴隸的人們

高舉統治者的旗幟

歡呼英明！加油！萬歲！

我們願意隨時接受宰割

只為了你嬌生慣養的魅力

我們願意獻花　獻吻

獻上熱烈的青春和歌唱

起來　願意做奴隸的人們

趕快忘記我們的出身

忘記我們苦難的記憶

不要妄想自己能做好期待的事業

天縱英明是統治者的標識

有血統證明　盡力培養的最高學位

有上層結構的血液　有共謀謊言的天生氣質

起來　願意做奴隸的人們

我們只要一體的三色旗幡

我們只要千遍一律的口號

我們只要單調不厭倦的歌曲

由統治者統一規定和教導

我們不要自己思考

我們不要知道我們自己究竟是誰

起來　願意做奴隸的人們

如果有人反抗統治者

我們要齊聲譴責

派代表向統治者再三保證輸誠

為他壓驚　讓他安心

教導子孫為人要知道感恩

對統治者的後裔更要保持謙虛

起來　願意做奴隸的人們

讓別人統治是我們的本份

只要三餐溫飽　有機會受教育

做官慢慢等升級

有人空降也不要有任何怨言

如果有錢不妨昧著良心炒炒地皮

撈他一票　遠走異域

起來　願意做奴隸的人們

如果開放了民主選舉

不要否定那是統治者的德意

我們要用選票回報他們一代又一代的後裔

我們再怎麼流血流汗努力

也抵不過他們擺擺姿勢

接受年輕有勁的歡呼：萬歲！萬萬歲！

1998.12.05

奉　獻（台語）
——獻給二二八的神魂

寒流抵才過去

寒流總是會過去

四界有燈火加咱照路

在更較暗的時瞬

咱也知也天總是會光

天光的時瞬

咱會當看著你等流血流汗

奉獻生命　給咱台灣的土地

發到真青翠的大叢樹仔

開到真艷的各種花蕊

過去無疑誤天要光的時

遂變成黑天暗地

過去無想著隔腹的親戚

哪會青面獠牙

你等的苦難就是台灣的苦難

總是　苦難的時代已經過去

你等的生命已經和台灣結成一體

你等的血汗變成甘露水

灌溉台灣豐沛的收成

你等奉獻的生命

創造台灣勇敢輝煌的歷史

因為有你等行過的路

台灣人的子孫

頭殼才會當舉到高高高

因為有你等流過的血

台灣人的子孫

胛脊骨才有法度激到挺挺挺

我唸這首詩奉獻給你等

因為你等已經將你等的生命

奉獻給咱台灣

1999.02.23

怪獸吃人

怪獸要吃

多少人命才會飽呢

值錢的人命

和不值錢的人命

同樣是一條命

那麼就吃鋼吃鐵吃玻璃

裡面有人命

那麼就吃山脈吃荒野

裡面也有人命

怪獸要吃
多少人命才會飽呢

用人命祭天祭地
祭鬼神
那是愚昧的時代

用人命餵怪獸
是看似文明的時代
二十一世紀的人類

文明的人命
和愚昧的人命

是不是同樣的味道呢

怪獸啊　要吃

多少人命才會飽呢

2001.10.16

國家圖書館出版品預行編目

我的庭院 / 李魁賢著. -- 一版. -- 臺北市：
秀威資訊科技, 2010. 01
　　面；　公分. --（語言文學類；PG0301）

BOD版
ISBN 978-986-221-326-1（平裝）

863.51　　　　　　　　　　　　　98019592

 　語言文學類　PG0301

我的庭院

作　　　　者 / 李魁賢
發　 行　 人 / 宋政坤
執 行 編 輯 / 藍志成
圖 文 排 版 / 鄭維心
封 面 設 計 / 陳佩蓉
數 位 轉 譯 / 徐真玉　沈裕閔
圖 書 銷 售 / 林怡君
法 律 顧 問 / 毛國樑　律師
出 版 印 製 / 秀威資訊科技股份有限公司
　　　　　　 台北市內湖區瑞光路583巷25號1樓
　　　　　　 電話：02-2657-9211　傳真：02-2657-9106
　　　　　　 E-mail：service@showwe.com.tw
經　 銷　 商 / 紅螞蟻圖書有限公司
　　　　　　 台北市內湖區舊宗路二段121巷28、32號4樓
　　　　　　 電話：02-2795-3656　傳真：02-2795-4100
　　　　　　 http://www.e-redant.com

2010 年 1 月　BOD 一版
定價：170 元

讀 者 回 函 卡

感謝您購買本書，為提升服務品質，煩請填寫以下問卷，收到您的寶貴意見後，我們會仔細收藏記錄並回贈紀念品，謝謝！

1. 您購買的書名：＿＿＿＿＿＿＿＿＿＿＿＿＿＿＿＿＿＿

2. 您從何得知本書的消息？

　□網路書店　□部落格　□資料庫搜尋　□書訊　□電子報　□書店

　□平面媒體　□ 朋友推薦　□網站推薦　□其他＿＿＿＿＿＿

3. 您對本書的評價：(請填代號　1.非常滿意 2.滿意 3.尚可 4.再改進)

　封面設計＿＿　版面編排＿＿　內容＿＿　文/譯筆＿＿　價格＿＿

4. 讀完書後您覺得：

　□很有收獲　□有收獲　□收獲不多　□沒收獲

5. 您會推薦本書給朋友嗎？

　□會　□不會，為什麼？＿＿＿＿＿＿＿＿＿＿＿＿＿＿＿＿

6. 其他寶貴的意見：＿＿＿＿＿＿＿＿＿＿＿＿＿＿＿＿＿＿＿

＿＿＿＿＿＿＿＿＿＿＿＿＿＿＿＿＿＿＿＿＿＿＿＿＿＿＿＿

＿＿＿＿＿＿＿＿＿＿＿＿＿＿＿＿＿＿＿＿＿＿＿＿＿＿＿＿

＿＿＿＿＿＿＿＿＿＿＿＿＿＿＿＿＿＿＿＿＿＿＿＿＿＿＿＿

讀者基本資料

姓名：＿＿＿＿＿＿＿＿＿＿　年齡：＿＿＿＿　性別：□女 □男

聯絡電話：＿＿＿＿＿＿＿＿　E-mail：＿＿＿＿＿＿＿＿＿＿

地址：＿＿＿＿＿＿＿＿＿＿＿＿＿＿＿＿＿＿＿＿＿＿＿＿＿

學歷：□高中(含)以下　　□高中　　□專科學校　　□大學

　　　□研究所(含)以上 □其他＿＿＿＿＿＿＿＿

職業：□製造業 □金融業 □資訊業 □軍警 □傳播業 □自由業

　　　□服務業 □公務員 □教職　□學生 □其他＿＿＿＿＿

To：114

台北市內湖區瑞光路 583 巷 25 號 1 樓

秀威資訊科技股份有限公司　　　收

寄件人姓名：

寄件人地址：□□□

(請沿線對摺寄回,謝謝!)

秀威與 BOD

BOD（Books On Demand）是數位出版的大趨勢，秀威資訊率先運用 POD 數位印刷設備來生產書籍，並提供作者全程數位出版服務，致使書籍產銷零庫存，知識傳承不絕版，目前已開闢以下書系：

一、BOD 學術著作——專業論述的閱讀延伸
二、BOD 個人著作——分享生命的心路歷程
三、BOD 旅遊著作——個人深度旅遊文學創作
四、BOD 大陸學者——大陸專業學者學術出版
五、POD 獨家經銷——數位產製的代發行書籍

BOD 秀威網路書店：www.showwe.com.tw
政府出版品網路書店：www.govbooks.com.tw

永不絕版的故事‧自己寫‧永不休止的音符‧自己唱